Sam'ın İlk Günü

SAM'S FIRST DAY

by David Mills illustrated by Lizzie Finlay

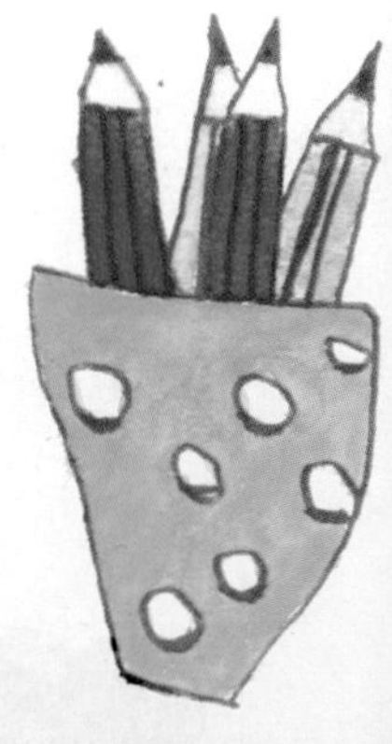

Sam okulun ilk gününe hazırlanırken sürekli konuşuyordu.

When Sam was getting ready for his first day at school, he did not stop talking.

Kızkardeşi Seema ile konuştu, konuştu.

He talked and talked to his sister, Seema.

He talked and talked all his way to school.

Okula giderken yol boyunca konuştu, konuştu.

Ama, okula gelince hiç konuşmadı.

But when he got there, he stopped talking.

Lucy “Ay, ne kadar güzel,” dedi.
Fakat Sam hiç cevap vermedi. O sadece kurmak istiyordu.

"Wow! That's good," said Lucy.
But Sam did not say anything. He just wanted to build.

Charlie “Güzel yazı,” dedi.
Fakat Sam hiç birşey söylemedi.
O sadece yazmak istiyordu.

“Nice writing,” said Charlie.
But Sam did not say anything.
He just wanted to write.

Ruby “Bu senin en beğendiğin kitap mı?”
diye sordu.
Fakat Sam hiç birşey söylemedi.
O sadece okumak istiyordu.

“Is that your favourite book?”
asked Ruby.
But Sam did not say anything.
He just wanted to read.

Lucy sordu, “O uyuyor mu?”
Fakat Sam hiç birşey söylemedi.
O sadece onun uyumasını istiyordu.

“Is it sleeping?” asked Lucy.
But Sam did not say anything.
He just wanted it to sleep.

Herkes, “Baloncuklar!” diye haykırdı.

“Bubbles!”
shouted everyone.

But Sam did not say
anything.
He just wanted to pop them.

Fakat Sam hiç birşey söylemedi.
O sadece baloncukları patlatmak
istiyordu.

"Catch! Catch!"
cried everyone.
But Sam did not say
anything.

Herkes, "Tut! tut!" diye
haykırdı.
Fakat Sam hiç birşey söylemedi.

O sadece topu YÜKSEKLERE,
YÜKSEKLERE atmak istiyordu.

He just wanted to throw
the big ball UP UP UP!

"Sam, Sam!" diye herkes tempo tutuyordu.
Fakat Sam tempo tutmak istemiyordu.

"Sam, Sam!" everyone was singing.
But Sam did not want to sing.

O, oyun süresi bitinceye kadar, sadece oynamak istiyordu.

He just wanted to play and play until it was time to stop.

“Sam neden hiç konuşmuyor,” diye sordu Ruby.

“Konuşacak, ama şimdilik sadece bekliyor,” diye cevap verdi öğretmen.

"Why doesn't Sam say anything?" asked Ruby.
"He will, he's just waiting," said the teacher.

“Neden?” diye sordu Lucy.
“Çünkü düşünüyor,” dedi öğretmen.

"Why?" asked Lucy.
"Because he's thinking," said the teacher.

But just then...

Fakat hemen sonra…

Sam, “Seema!” diye haykırdı.
Herkes bakdı.

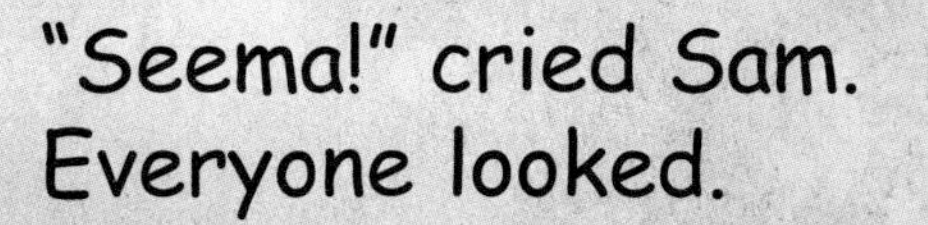

"Seema!" cried Sam.
Everyone looked.

"Güle güle Sam!"
dedi herkes.

Fakat Sam
bekliyordu…

"Bye Sam!"
everyone called

But Sam was
waiting...

“Hoşçakalın!”
dedi Sam.

"Bye!" said Sam.

To mum and dad, for my first day.
D.M.

For Joanna, with love.
L.F.

This edition published 2002
First published 2000 by Mantra Publishing
5 Alexandra Grove
London N12 8NU
http://www.mantrapublishing.com

Printed in Italy